Mister Gogo

King Kofi

Pinsel

Julia Boehme

Tafiti
und die Reise ans Ende der Welt

Tafitis Welt:

www.TafitisWelt.de

Julia Boehme

Tafiti
und die Reise ans Ende der Welt

Band 1

Illustriert von Julia Ginsbach

Ihre Meinung zählt!

Nehmen Sie jetzt an einer kurzen Elternbefragung
des Loewe Verlags teil und beeinflussen Sie
die zukünftige Entwicklung unserer Kinderbücher:

www.elternbefragung.online

FSC
www.fsc.org
MIX
Papier | Fördert
gute Waldnutzung
FSC® C018236

ISBN 978-3-7855-7486-7
9. Auflage 2025
© 2013 Loewe Verlag GmbH, Bühlstraße 4, D-95463 Bindlach
Umschlag- und Innenillustrationen: Julia Ginsbach
Umschlaggestaltung: Christian Keller
Alle Rechte vorbehalten.
Druck und Bindung: Drukarnia Dimograf Sp. z o.o.,
ul. Legionów 83, 43-300 Bielsko-Biała, POLEN
produktsicherheit@loewe-verlag.de

www.TafitisWelt.de
www.loewe-verlag.de

Inhalt

Tafitis Traum

„Tafiti! Spinnst du? Bleib hier!", fiept Tutu
aufgeregt und schaut seinem Bruder hinterher.
„Denk an Mister Gogo!"

„Pfff, der kommt schon nicht", murmelt Tafiti
und huscht noch etwas weiter vom Bau weg.
Rüber zum großen Stein. Von hier hat er eine
wunderbare Aussicht über die weite Ebene.
Rote Erde, gelbes Gras und hier und da
einzelne riesige Bäume. Doch was Tafiti am
meisten interessiert, ist der geheimnisvolle
hohe Hügel fern am Horizont. Was mag
dahinter sein?

Tafiti streckt sich noch ein wenig mehr. Als
ob das was nützen würde! Um zu sehen, was
hinter dem Hügel ist, müsste man schon auf

den Hügel selbst klettern. Aber das ist eine viel zu weite und gefährliche Reise für so ein kleines Erdmännchen. Tafiti seufzt.

„ACHTUNG! Mister Gogo im Anflug!", brüllt Tutu plötzlich.

ZACK! Schon sind alle Erdmännchen in ihren Löchern verschwunden. Alle? Tafiti rutscht vom Stein und spurtet durch den Sand. Schnell zum nächsten Eingang!

„Da ist ja noch einer", freut sich Mister Gogo und lässt sich wie ein Stein vom Himmel fallen.

Mit einem gewaltigen Satz
springt Tafiti kopfüber in die
Höhle. Puh, war das knapp!

„So ein Mist! Schon wieder kein
anständiges Mittagessen", flucht
Mister Gogo draußen.

„Boah, da hast du aber Glück
gehabt!" Tutu ist ganz blass.

„Das kann man wohl sagen",
nickt Opapa. „Du solltest
wirklich vorsichtiger sein,
Tafiti!"

„Ja, ja", keucht Tafiti noch
ganz außer Atem.

Abends, als es kalt und dunkel wird, sitzen alle
Erdmännchen gemütlich im Wohnzimmer am
Kamin. Tutu röstet Nüsse. Und Opapa erzählt
mal wieder seine alten Geschichten. Die vom
Ur-ur-ur-ur-ur-uropapa, der damals eine
gefährliche Reise unternahm, bis er endlich
hier sein neues Zuhause fand. Tafiti kennt die
Geschichten schon in- und auswendig.
Trotzdem hört er immer wieder gerne zu.

„Alles war überschwemmt", erzählt Opapa.
„Nirgends mehr ein trockenes Fleckchen. Was
blieb ihm und seiner Familie anderes übrig, als
sich ein neues, trockenes Zuhause zu suchen?
Und so zogen sie los und erlebten eine Menge
Abenteuer!"

Tafiti seufzt. Er würde auch so gerne
Abenteuer erleben. Manchmal wünscht
er sich fast, ihr Bau wäre auch mal überschwemmt. Dann müssten sie sich auf
die Suche nach einem neuen Zuhause
machen. Tafiti wüsste schon, wo sie
hinziehen könnten: auf den hohen
Hügel! Dann könnte er endlich
sehen, was sich dahinter verbirgt!
Tafiti überlegt. Muss denn alles
unter Wasser stehen? Muss denn
erst etwas Schlimmes passieren,
bevor er losgehen kann? Könnte
er sich nicht einfach so auf
den Weg machen? Aus
reiner Neugier?
Tafiti kratzt sich am
Ohr. Da muss er
gleich mal Opapa
fragen.

„Bist du verrückt?"
Opapa schnappt nach
Luft. „Hörst du denn
gar nicht zu, wenn ich
Ur-ur-ur-ur-ur-ur-
opapas Geschichte
erzähle? Dann
wüsstest du genau,
wie gefährlich das
ist!" Opapa schaut
sich im Familien-
kreis um. „Was sind
die größten Gefahren?"

Tafiti seufzt. Er weiß, was jetzt kommt. Jeder
von ihnen kennt die Gefahren.

„Da ist die Gefahr aus der Luft", sagt Opapa.

„O ja!" Tutu nickt. „Denk an Mister Gogo,
Tafiti!"

„Die Gefahren an Land", zählt Opapa weiter
auf.

„Die zischende Schlange", murmelt Omama.

„Und die tödlichen Pranken von King Kofi", haucht Tutu zitternd. Schon der Gedanke an den grässlichen Löwen lässt ihm alle Haare zu Berge stehen.

„Und nicht zu vergessen", schließt Opapa, „die Gefahr des reißenden Wassers!"

„Aber Ur-ur-ur-ur-ur-uropapa hat es doch auch geschafft", meint Tafiti trotzig.

„Ja, der!" Opapa nickt bedächtig. „Der schon!"

„Vielleicht schaffe ich's ja auch", sagt Tafiti leise. „Und dann kann ich sehen, was hinter dem hohen Hügel ist!"

„Hinter dem hohen Hügel? Aber Tafiti, das

weißt du doch!" Opapa schaut ihn über den Rand seiner Brille an. „Hinter dem hohen Hügel ist nichts. Da ist die Welt zu Ende!"

„Nein", flüstert Tafiti. „Ist sie nicht!"

Er hat es beobachtet: Von dort kommen die Gnus und die Zebras und viele andere! Die können doch nicht aus dem Nichts auftauchen.

„Aber natürlich ist dort die Welt zu Ende", lacht Opapa. „Das weiß doch jeder! Und jetzt gute Nacht!"

Tafiti ringt nach Luft. Die Sonne brennt von oben auf ihn herab. Er ist müde und durstig. Aber zugleich unendlich glücklich. Denn jetzt hat er es fast geschafft. Trotz aller Gefahren ist er hier, am Fuße des hohen Hügels!

Er klettert los, rutscht an einer steilen Böschung wieder ab. Doch er macht unermüdlich weiter. So steigt er höher und höher. Gleich ist er oben. Und dann wird er endlich, endlich sehen, was sich hinter dem Hügel verbirgt. Nur noch ein paar Schritte. Tafiti reckt erwartungsvoll den Hals – und wacht auf.

So ein Mist aber auch!

Nicht mal im Traum kann er sehen, was hinter dem Hügel ist! Tausendmal schon hatte er diesen Traum. Und tausendmal ist er aufgewacht. Immer ein paar Sekunden zu früh!

Statt mit seinen Freunden herumzutollen, sitzt Tafiti am nächsten Tag im Schatten der großen Akazie. Gedankenverloren lässt er roten Sand durch die Pfoten rinnen.

„Soll ich nicht einfach doch losziehen?", überlegt er. „Selbst wenn es stimmt, dass die Welt hinter dem Hügel zu Ende ist – wie sieht dieses Ende wohl aus?"

Tafiti seufzt. Wenn bloß die Gefahren nicht wären: die Gefahr aus der Luft, die Gefahren an Land und die des reißenden Wassers …
Aber wenn Ur-ur-ur-ur-ur-uropapa den Gefahren getrotzt hat, warum sollte er es dann nicht auch schaffen?

Tafiti springt auf. Es geht gar nicht anders: Er muss es zumindest versuchen!

Die Reise beginnt

Tutu ist der Einzige, den Tafiti einweiht.

„O nein, das darfst du nicht!" Tutu schaut ihn erschrocken an.

„Ich muss einfach", erklärt Tafiti. Er zwinkert seinem Bruder zu. „Für eine so lange Reise brauche ich natürlich Proviant. Hilfst du mir packen?"

Als alle schlafen, schleichen sie zur Speisekammer. Die Tür quietscht verdächtig. Doch keiner wacht auf.

Heimlich schmieren sie ein paar Brötchen.

„Willst du auch von Omamas Kuchen?", fragt Tutu.

„Klar doch, jede Menge", sagt Tafiti.

Omamas Kuchen ist nämlich der beste der ganzen Savanne.

Leise huschen sie zurück ins Schlafzimmer. „Und zu keinem ein Wort, bis ich weg bin", flüstert Tafiti noch. „Versprochen?"

Tutu nickt schweren Herzens.

So macht sich Tafiti am nächsten Morgen in aller Frühe auf den Weg.

„Komm gesund wieder! Und bald!" Tutu winkt ihm nach, während Tafiti mit einem großen Vorratsbündel der aufgehenden Sonne ent-gegenläuft.

Schon ist er am großen Stein vorbei. Seine Schnurrhaare zittern ein bisschen. So weit war er noch nie vom Bau weg.

Und mit jedem Schritt entfernt er sich mehr und mehr.

Natürlich passt Tafiti auf. Er sucht sich seinen Weg unter Bäumen und Büschen, wenn es geht. Oder er wuselt durchs hohe Gras. Und immer wieder bleibt er stehen. Schaut sich um, horcht und wittert. Vor allem den Himmel lässt er nicht aus den Augen. Aber Mister Gogo scheint zu schlafen.

„Hoffentlich schläft er noch lange", denkt Tafiti, als er wenig später an eine gefährliche Stelle kommt. Dort wächst kein Gras, kein Busch und kein Baum. Nur Kiesel gibt es und knochentrockenen Schlamm. Hier kann er sich nicht verstecken. Nirgends.

Sorgsam sucht Tafiti den Himmel ab. Nichts. Nicht mal Wolken.

Tafiti spurtet los. Nach ein paar Metern bremst er ab. Ein schmales Rinnsal plätschert vor seinen Pfoten. Ist das die Gefahr des reißenden Wassers?

„So ein Quatsch!" Tafiti lacht. „Was soll an dem bisschen Wasser gefährlich sein?"

Mit ein paar Sprüngen von Stein zu Stein hat er den Bach schon überquert. Tafiti hat nicht mal nasse Füße bekommen!

Jetzt aber schnell! Tafiti taucht unter im struppigen, stachligen Gras. Puh, geschafft. Hier ist er wieder sicher!

Tafiti läuft weiter, bis die Sonne hoch am Himmel steht. Unter einem riesigen Affenbrotbaum macht er Pause. Hier hat er Schatten und ein sicheres Versteck zwischen den Wurzeln.

Er trinkt aus seiner Flasche und isst eine Stulle und etwas Kuchen. Mhm, ist der köstlich! Omama ist eine wahre Meister-bäckerin.

Nach dem Essen nickt Tafiti ein. Und träumt zum 1001. Mal, wie er den hohen Hügel erklimmt …

King Kofi

„Ho, ho, ho! Hab ich dich!"

Ein raues Lachen schreckt Tafiti auf. Mit einem Schlag ist er hellwach und schaut sich um. Dort, nicht weit von seinem Baum, ist ein Löwe. Ein großer Löwe mit beachtlicher Mähne und scharfen, blitzenden Zähnen. Tafitis Haare stellen sich auf. Mit seiner riesigen Pranke drückt der Löwe ein Schwein zu Boden. Er muss es gerade erwischt haben.

„Du kannfst dich
freuen", lispelt der
Löwe vergnügt.
„Und wieso?",
keucht das
Schwein. Es
klingt nicht sehr
glücklich.
„Weil du von
mir gefrefssen
wirfst. Vom König
der Löwen, von King Kofi perfsönlich! Vom
fstärksten und fschönsten Löwen weit und
breit." King Kofi schüttelt stolz seine Mähne.
„Da hab ich ja wirklich Glück", seufzt das
Schwein. „Ganz außerordentliches Glück!"
„Ja, dafs hafst du! Und du hafst fsogar noch
die Ehre, mir guten Appetit zu wünßen, nett
nicht? Ho, ho, ho", lacht er wieder und schleckt
sich das Maul.

Das Schwein schluckt. Seine Kehle ist staubtrocken. Wie kann es guten Appetit wünschen, wo es doch selbst der Braten ist?

„Momentchen mal, Momentchen!", fiept es plötzlich. Tafiti konnte es nicht länger mit ansehen. Er ist aus seinem Versteck gesprungen und läuft zu King Kofi hinüber.

„O, da i*f*st ja auch noch ein Nachti*ss*!" King Kofi strahlt. „Komm nur näher, mein Nachti*ss*chen, komm!"

„Nein, nein, nicht der Nachtisch", stellt Tafiti klar. „Ich bringe Ihre Hauptspeise, Majestät!"

„Die Haupt*f*spei*f*se?", fragt der Löwe verwirrt.

„Ganz genau", sagt Tafiti. „Schauen Sie, Majestät, Schweinebraten können Sie jeden Tag haben,

was ist das schon Besonderes? Aber hier habe ich etwas, das gibt's nicht alle Tage. Das ist eine echte Königsspeise!" Tafiti schwenkt sein Bündel.

„Und wa*f*s *f*soll da*f*s *f*sein?", fragt King Kofi lauernd. Immer noch drückt er das zappelnde Schwein fest auf den Boden.

„Ich habe hier zufälligerweise den besten Kuchen der Welt", posaunt Tafiti los.

„Kuchen?", knurrt King Kofi. „*f*Zeig her!"

Tafiti entrollt feierlich sein Bündel. „Hier, Majestät, sehen Sie selbst."

King Kofi beugt sich vor. Er schnuppert. Er schnuppert noch mal. „Mmmmh, riecht gar nicht übel!"

„Gar nicht übel? Na, hören Sie mal, Majestät! So etwas Köstliches haben Sie noch nie probiert!"

„Dann HER DAMIT!", brüllt der Löwe.

Tafiti ist flugs mit dem Kuchen ein paar Meter zurückgesprungen. „Nicht so schnell, nicht so schnell!", beschwichtigt er den Löwen. „Den Kuchen gibt es nur, wenn Sie mich und den Braten dort gehen lassen."

„Hä?" King Kofi fällt die Kinnlade runter.

„Und nur dann. Sie haben mich schon verstanden", sagt Tafiti mit fester Stimme. „Sie lassen das Schwein frei oder ich bin mit dem Kuchen ver- schwunden!"

King Kofi schielt zum Kuchen hinüber. Tafiti kann förmlich hören, wie ihm das Wasser im Maul zusammenläuft.

„Und e*fs f*schmeckt *f*so gut, wie e*fs* duftet?", fragt der König.

„Noch besser. Noch viel, viel besser!", sagt Tafiti.

King Kofi überlegt. Am liebsten möchte er alles haben: das Schwein, das Erdmännchen und den Kuchen. Die Frage ist nur: wie?

„Kein Interesse?", fragt Tafiti. „Dann esse ich den Kuchen lieber selbst!"

„NEIN!", brüllt der Löwe. „HER DAMIT!"

Mit einem Satz springt er los.

In Windeseile rappelt sich das verdutzte Schwein auf und rast davon. Tafiti lässt Kuchen Kuchen sein und bringt sich schnell in Sicherheit.

King Kofi schaut sich verdutzt um. Er weiß nicht, wem er als Erstes hinterherjagen soll. Ein Glück, denn so gewinnen beide einen erheblichen Vorsprung.

„Mi*f*st, Mi*f*st, Mi*f*st!", flucht King Kofi.

Doch da steigt ihm wieder der köstliche Kuchenduft in die Nase.

Als Tafiti von Weitem einen Blick zurückwirft, kaut King Kofi laut schmatzend Omamas Kuchen. Sein Schwanz schwingt wohlig hin und her. Ja, es scheint ihm wirklich zu schmecken!

Tafiti beeilt sich, außer Sicht zu kommen. Nur für den Fall, dass King Kofi nach dem Kuchen immer noch Hunger hat.

Schnell wuselt er durchs hohe, verdorrte Gras. Immer weiter dem hohen Hügel entgegen.

„He, du", schnauft es auf einmal hinter ihm. „Nun warte doch mal!"

Tafiti wirbelt herum. Es ist das Schwein, das er eben gerettet hat. Außer Atem trabt es heran.

„Ich wollte mich bedanken", keucht es. „Du hast mir das Leben gerettet!"

„Na ja, hatte zufällig Kuchen dabei", nuschelt Tafiti verlegen.

Das Schwein schüttelt den Kopf. „Du bist wirklich sehr mutig! Kein anderer hätte das getan und wenn er eine ganze Bäckerei dabeigehabt hätte! Also, noch mal vielen, vielen Dank!"

„Das ist doch ganz normal", nuschelt Tafiti. „Erdmännchen helfen einander. Basta!"

Das Schwein wird etwas rot um den Rüssel herum. „Aber ich bin kein Erdmännchen, das sieht man doch, oder?", meint es. „Übrigens, ich heiße Pinsel!"

„Und ich Tafiti", sagt Tafiti und reicht ihm die Pfote.

„Bist du auf Reisen?", fragt Pinsel.

Tafiti nickt.

„Ich auch!", sagt Pinsel. „Eigentlich komme ich aus dem Norden. Wollte mal sehen, wie es hier im Süden so aussieht, und vielleicht ein paar hübsche Bilder malen."

„Du malst?", fragt Tafiti neugierig.

„Nun, ich bin nicht umsonst ein Pinselohrschwein." Pinsel wackelt vergnügt mit den
Ohren. „Und was machst du für 'ne Reise?"

„Ich will zu dem hohen Hügel dort", verrät ihm
Tafiti. „Opapa meint, dort wäre das Ende der
Welt", fügt er flüsternd hinzu.

„Das Ende der Welt, soso", grunzt das
Schwein. „Das wollte ich schon immer mal
sehen!"

Mister Gogo

So machen sich die zwei gemeinsam
auf. Sie sind nicht die Einzigen
unterwegs: Ein Nashorn
walzt an ihnen vorbei. In
der Ferne wirbeln Gnus
und Zebras eine Menge
Staub auf. Giraffen
ziehen vorüber. Und
Elefanten lassen die Erde
unter ihren Füßen beben.

„Was guckst du denn immer
hoch?" Pinsel grinst. „Der
Himmel fällt schon nicht runter."

„Das ist wegen Mister Gogo.
Manchmal zieht er da oben seine Kreise.

Und wenn er mich sieht, stürzt er zur Erde und holt mich", erklärt Tafiti.

„Ach, der. Den kenn ich", nickt Pinsel. „Bin zum Glück viel zu dick und zu schwer für ihn!"

Tafiti seufzt. Wäre er doch auch groß und dick und schwer!

Doch weil er es nicht ist, wandern seine Augen immer wieder über den blauen, blassen Himmel.

„Da!", quiekt er auf einmal. „Da kommt er!" Pinsel schaut nach oben. Mister Gogo segelt mit weit ausgebreiteten Schwingen durch die Luft. Schon hat er sie entdeckt. „Jippieh! Endlich was zum Knabbern!", jauchzt er und schießt nach unten.

Tafiti schaut sich hektisch um. Wo soll er bloß hin?

Kein Loch, keine Höhle weit und breit!

„Schnell unter meinen Bauch!", ruft Pinsel.

Schwupps, ist Tafiti darunter verschwunden. Gerade noch rechtzeitig.

„He, das ist nicht fair!", kreischt Mister Gogo. „Gib ihn sofort raus! Das ist *mein* Essen!"

„Ach, halt doch den Schnabel!", grunzt Pinsel. „Sonst bekomme ich noch Appetit auf Brathähnchen!"

„Brat… – WAS?", schreit Mister Gogo erbost und sieht zu, dass er an Höhe gewinnt.

„Du Schwein, du!", schimpft er von oben.

„Ja, ja, reg dich ab, Piepmatz", lacht Pinsel. „Und jetzt schwirr ab! Mach die Fliege, okay?!"

„Fliege? Ich, Mister Gogo?" Laut schimpfend dreht er noch eine Runde am Himmel, bevor er tatsächlich die Fliege macht.

Tafiti krabbelt unter Pinsels Bauch hervor.

„Ein Glück, dass ich dich getroffen habe", sagt er.

„Das finde ich auch", sagt Pinsel. „Ein ganz saumäßiges
Glück sogar!"

Sie wandern noch eine ganze Weile. Erst als es dämmert und die Sonne eilig hinter den Horizont huscht, suchen sie sich ein Plätzchen zum Schlafen. Sie finden eine weiche Kuhle unter einem Dornbusch.

„Kein Himmelbett, aber ganz gemütlich", schnauft Pinsel.

Tafiti nickt müde und gähnt. Er fühlt sich hier so wohlig und sicher ... ob das wohl an Pinsel liegt?

Das große Unwetter

Als sie am Morgen aufwachen, ist etwas
anders als sonst.

Aber was?

„Es riecht nach Regen", sagt Pinsel und
streckt den Rüssel.

„Ja, stimmt!", nickt Tafiti. Das ist es. Die
Sonne scheint nicht wie sonst. Es ist dämmrig,
fast wie am Abend.

Sie blicken zum Himmel.
Er ist voller Wolken.
Große, schwere, dunkle
Wolken.

„Endlich", grunzt Pinsel.
„Das wird ja auch Zeit!"

Tafiti zittert ein wenig.

Nicht nur, weil es kälter ist ohne Sonne und weil der Wind heftig weht. Zum ersten Mal ist er bei Regen nicht in seiner sicheren Höhle. Denn wenn es hier regnet, tröpfelt es nicht. Der Regen bricht wie ein gigantischer Wasserfall aus den Wolken hervor und die ganze Luft wird zum Meer!

Schon zuckt ein erster Blitz.

„W…wir sollten einen Unterschlupf suchen", stottert Tafiti aufgeregt.

„Schnell!"

Fieberhaft schaut er sich um. Wo ist nur das nächste Loch?

Im grellen Schein eines Blitzes entdeckt er endlich, wonach er sucht. Und es ist groß! Groß genug für sie zwei!

„Mir nach!", johlt er und springt kopfüber hinein.

In dem Moment schüttet es los. Pinsel saust hinterher.

„Das war in letzter Minute", keucht er.

Die beiden rücken eng zusammen. Tafiti seufzt. Es ist so gut, nicht allein zu sein!

Draußen grollt der Donner und hört gar nicht mehr auf.

„Eigentlich feiern wir sonst immer, wenn es regnet", erzählt Tafiti. „Aber da sitzen wir sicher im Trockenen."

„Jetzt sitzen wir doch auch im Trockenen", meint Pinsel gut gelaunt.

Tafiti nickt. „Ja, zum Glück!"

Plötzlich zischt es hinter ihnen.

Tafiti blickt sich um und das Herz rutscht ihm in die Kniekehlen: Eine Kobra hat sich hoch über ihnen aufgerichtet.

„Wohl in der Tür geirrt?", zischt sie und kommt mit ihrem Kopf noch etwas näher.

„Ja, in der Tat, in der Tür geirrt!", ruft Tafiti. Im selben Moment wirbelt er mit dem Schwanz Sand auf. Und eine riesige Staubwolke nebelt die Schlange ein.

„Hä? Un-ver-schämt-heit!", hustet die Kobra.

Aber da sind Pinsel und Tafiti schon längst wieder draußen im strömenden Regen. Blitze zucken, Donner grollt. Das Gewitter ist direkt über ihnen. *KRACH!* Schon schlägt ein Blitz ganz in der Nähe ein. Und ein Busch steht in Flammen.

Tafiti zittert am ganzen Leib.

„Wir müssen weg hier! Nur unter der Erde sind wir sicher!", ruft er schrill und schlüpft gleich ins nächste Loch.

„Pass auf, wer da wohnt!", ruft Pinsel und kommt vorsichtig hinterher.

„EINDRINGLINGE!", grunzt es da schon.

Zwei Stachelschweine haben sich vor Tafiti aufgeplustert. „Zieh Leine, aber dalli!", schnaubt das eine.

„Hallöchen!", ruft Pinsel. „Wir sind bei Verwandten. Das ist ja nett!"

„Bei Verwandten? Wieso?", fragt das eine Stachelschwein verdutzt.

„Na, wenn ich mich nicht täusche, seid ihr Stachel*schweine*. Und ich bin ein Pinselohr*schwein*", erklärt Pinsel geduldig. „Da sind wir doch verwandt. Schweine-verwandt. Und da dürfen wir uns bei diesem Höllenwetter sicher bei euch unterstellen, nicht wahr?"

„Mhm?" Die Stachelschweine mustern ihn mit stechendem Blick. „Okay, du kannst bleiben", sagt das eine schließlich. „Aber der da ...", er nickt zu Tafiti hinüber. „Der da nicht!"

„Aber das ist mein Freund!", sagt Pinsel laut.

„Na und?", grunzen die Stachelschweine.

„Also, wenn *wir* Freunde werden", meint Pinsel mutig. „Und ich glaube, das könnte eine saustarke Schweinefreundschaft werden. Dann könnte er ja auch euer Freund werden."

„Ein Erdmännchen als Freund?", schnaubt das stachligere der beiden Schweine.

„Wieso nicht?", fragt Tafiti. „Ihr könnt mich dann auch mal besuchen. Dann gibt's leckeren Kaffee und Kuchen. Omama kann nämlich erstklassig backen!"

Pinsel nickt. „Das würde ich mir nicht entgehen lassen!"

„Kuchen?" Das eine Stachelschwein schleckt sich unwillkürlich das Maul. „Na ja, wieso eigentlich nicht? Freunde kann man nicht genug haben."

„Das finde ich auch", sagt Tafiti.

Tafiti und Pinsel dürfen also bleiben. Bei Pix und Pax, so heißen nämlich die beiden Stachelschweine.

„Du hast nicht zufällig ein bisschen Kuchen dabei?", fragt Pix.

„Nee, leider nicht. Nur noch ein paar Brötchen." Tafiti leert sein Essensbündel.

Die vier machen sich darüber her und trinken dazu frischen Regenwassertee. Köstlich!

Und dann erzählt Tafiti, wer seinen Kuchen gefressen hat.

„Ihr habt King Kofi ausgetrickst?", kichert Pax. „Ich glaub, ich werd verrückt!"

Pix grinst. „Vielleicht sollten wir das auch mal ausprobieren?"

„Au ja", johlt Pax. „Am besten mit *Stachel-beerkuchen!*"

Schon nach einer Stunde ist das Gewitter vorbei. Draußen tropft alles. Und im matschigen Boden werden Tafiti und Pinsel kaum vorankommen.

„Bleibt doch heute Nacht bei uns", bietet Pax ihnen freundlich an. „Ihr könnt morgen weiter-gehen!"

„Au ja", ruft Pix. „Es ist so schön, Besuch zu haben!"

Also bleiben die beiden Freunde noch. Sie erzählen einander die lustigsten Geschichten, spielen und schmausen. Und Pinsel malt ein Bild von allen. Als Erinnerung!

In der Nacht darf Pinsel auf dem Sofa schlafen. Tafiti rollt sich auf dem plüschigen Sessel zusammen.

Ist das gemütlich!

Reißendes Wasser

Am nächsten Tag ziehen sie weiter. Die Luft duftet klar und frisch. Und überall auf der roten Erde zeigt sich ein erster grüner Schimmer.

  Der hohe Hügel wird langsam immer größer. Er wächst bei jedem Schritt. Und dann, nach zwei weiteren Wandertagen, ragt er ganz nah vor ihnen auf.

„Bald sind wir da, Pinsel!", jubelt Tafiti begeistert und hopst vor Glück immer wieder auf und ab.

Doch kurz darauf ist das ganze Glück mit einem Schlag weg. Am Fuße des Hügels schlängelt sich ein reißender, rauschender Fluss. Sie müssen hinüber ans andere Ufer, um auf den Hügel zu kommen.

Alle Gefahren hat Tafiti gemeistert. Doch mit einem Blick wird ihm klar, dass es Irrsinn wäre, in den Fluss zu steigen. So klein und leicht wie er ist, würde er in den Wellen und Wirbeln versinken.

Kurz vor dem Ziel zu scheitern! Es ist wie in seinem Traum. Tafiti seufzt. Alle Gefahren, der weite Weg – alles war umsonst! Alles!

Alles? Tafiti blickt zu Pinsel hoch. Hätte er sich nicht auf den Weg gemacht, hätte er Pinsel nicht getroffen. Von dem gäbe es wahrscheinlich nur noch abgenagte Knochen. Und er hätte keinen großen dicken Freund gewonnen! Einen, unter dessen Bauch er für immer vor Mister Gogo sicher ist!

„Komm, Pinsel", sagt Tafiti schließlich.
„Komm, wir drehen um!"

„Du willst aufgeben? So kurz
vor dem Ziel?" Pinsel schaut
ihn erstaunt an. „Du kannst
wohl nicht schwimmen?"

Tafiti schüttelt den Kopf.
„Nie probiert", gibt er zu.

„Macht nichts. Ich kann schwimmen. Setz
dich einfach auf meinen Rücken", meint
Pinsel gut gelaunt.
Tafiti sträubt sich das Fell. „Du
willst da rüber?", fragt er
zitternd. „Das ist nun wirklich
lebensgefährlich!"
„Ach was!", schnaubt
Pinsel.

„Doch nicht für ein Schwein wie mich! Ich kann saumäßig gut schwimmen. Und dieses Flüsslein ist für mich ein Klacks!"

Tafiti schaut aufs reißende Wasser. Dann blickt er Pinsel an und holt tief Luft. „Ehrlich?"

„Hoch und heilig, ein Klacks", sagt Pinsel. „Wenn du willst, schwimme ich erst eine kleine Runde ohne dich. Dann wirst du's ja sehen!"

„A…also, wenn du dir ganz sicher bist …", stottert Tafiti. „Dann steige ich gleich auf, okay?"

„Okay!", lacht Pinsel.

Tafiti klettert auf seinen Rücken.

„Halt dich an meinen Ohren fest!", ruft Pinsel. Dann springt er

ins Wasser und schwimmt los. Unter seinem
Bauch rauscht und gluckert es. Tafiti kann gar
nicht hingucken. Er umklammert die Pinsel-
ohren so fest er kann. Pinsel schwimmt wie ein
Weltmeister. Die starke Strömung bringt ihn
kaum außer Kurs. Schon nach wenigen
Minuten klettert er ans andere Ufer.

„Alles absteigen!", ruft er. Und dann schüttelt
er sich, dass die Tropfen fliegen.

Tafitis Beine sind immer noch ganz zittrig. Sie haben es geschafft! Selbst das reißende Wasser konnte sie nicht aufhalten.

Er lehnt sich an Pinsels nassen Bauch. „Wenn ich dich nicht hätte!"

„Ja, wir sind ein tolles Team!" Pinsel stupst ihn mit der Schnauze an. „Los jetzt! Rauf auf den Hügel!"

Am Ende der Welt

Tafiti kann es kaum glauben. Es ist so weit. Er
steigt den Hügel hinauf. Doch ganz anders als
in seinen Träumen ist er nicht allein. Sein
Freund Pinsel und er laufen Seite an Seite.
   Keuchend und schnaufend haben sie es
schließlich geschafft. Sie sind oben. Ganz
oben! Und sie blicken hinab auf die andere,
geheimnisvolle Seite.

Vor ihnen liegt eine weite Ebene. Mit saftig
grünem Gras, blühenden Büschen und stolzen
Bäumen. Und mit Blumen. Blumen in jeder
Farbe! Giraffen recken ihre Hälse
aus dem meterhohen Grün.
Ein Elefant trompetet
einen Schwarm
Schmetterlinge
hoch in den
Himmel. Vögel
geben dröhnende
Konzerte.

Tafiti schnappt
nach Luft. „Ist das
wunder-, wunder-,
wunderschön!"

„Ja", grunzt Pinsel
andächtig. „Wirklich sauschön!"

Dann stehen sie lange, lange schweigend da
und schauen.

„Die Reise hat sich *doch* gelohnt", flüstert
Tafiti bewegt.

„Und wie!", stimmt ihm Pinsel zu.

Er sucht nach Farben und
beginnt, Bilder zu malen.
Eins nach dem anderen.
„Wenn hier das
Ende der Welt ist",
murmelt Tafiti,
„dann ist dort
das Paradies!"
Sie können sich
nicht sattsehen.
Und es dauert sehr,
sehr lange, bis sie sich
schließlich umdrehen.
Und da traut Tafiti seinen
Augen nicht. Auf ihrer Seite, dort, wo
sie hergekommen sind, da ist es ganz genauso
schön!

Blühende Büsche, grünes Gras, bunte Blumen – und Bäume, stolz und stark!

„Weißt du", sagt Pinsel schließlich, „wenn ich mich so umschaue … Hinter dem Hügel, vor dem Hügel: Ich weiß gar nicht, wo ich's am schönsten finde!"

„Ich schon", sagt Tafiti leise.

„Wo denn?" Pinsel guckt ihn neugierig an.

„Vor dem Hügel. Dort hinten, wo ich herkomme!", sagt Tafiti und zeigt ins grün-bunte Tal hinunter. „Und dorthin gehe ich auch wieder zurück und erzähl es den anderen."

Pinsel schluckt. „Du willst nach Hause?"

Tafiti nickt.

Pinsel ist auf einmal ganz still.

„Meinst du …?", fragt er schließlich und sein Rüssel ist zartrosa vor Verlegenheit. „Meinst du, ich könnte mit? Ich bin schon so lange unterwegs. Da wäre es schön, mal ein wenig nach Hause zu kommen."

„Klar kommst du mit!", ruft Tafiti. „Mein Zuhause ist auch dein Zuhause. Das ist doch logo!"

„Wirklich?" Pinsel richtet seine Ohren auf, dass die Pinselhaare steil aufragen. „Juhu!", jauchzt er.

Und hoch oben auf einem grünen Hügel, am Ende der Welt, tanzt ein Pinselohrschwein mit einem Erdmännchen. Ausgelassen und wild!

Tafiti und Pinsel
zum Vor- und ersten Selberlesen

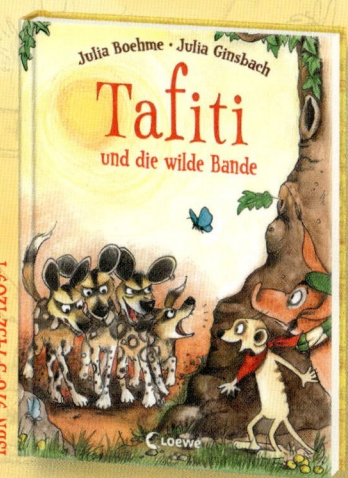

Julia Boehme · Julia Ginsbach
Tafiti und die wilde Bande

ISBN 978-3-7432-1209-1

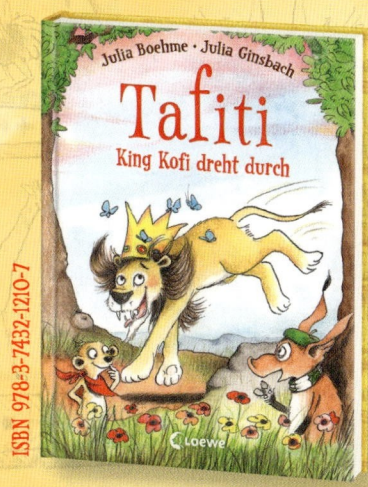

Julia Boehme · Julia Ginsbach
Tafiti King Kofi dreht durch

ISBN 978-3-7432-1210-7

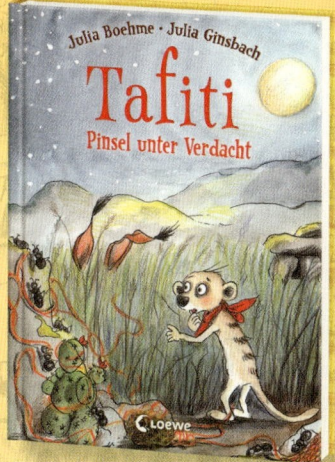

Julia Boehme · Julia Ginsbach
Tafiti Pinsel unter Verdacht

ISBN 978-3-7432-1976-2

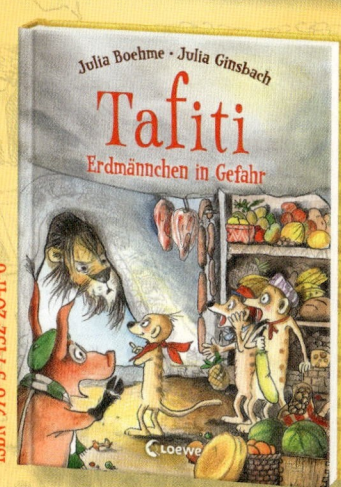

Julia Boehme · Julia Ginsbach
Tafiti Erdmännchen in Gefahr

ISBN 978-3-7432-2041-6

Julia Boehme studierte Literatur- und Musikwissenschaft und arbeitete danach als Redakteurin beim Kinderfernsehen. Eines Tages fiel ihr ein, dass sie als Kind unbedingt Schriftstellerin werden wollte. Wie konnte sie das bloß vergessen? Auf der Stelle beschloss sie, jetzt nur noch zu schreiben. Seitdem denkt sie sich ein Kinderbuch nach dem anderen aus.

Julia Ginsbach wurde 1967 in Darmstadt geboren. Nach ihrer Schulzeit studierte sie Musik, Kunst und Germanistik. Heute arbeitet sie als freie Illustratorin und lebt mit ihrer Familie und vielen Tieren auf einem alten Pfarrhof in Norddeutschland.

Tafiti
Endecke die Welt von Tafiti

ISBN 978-3-7432-0385-3

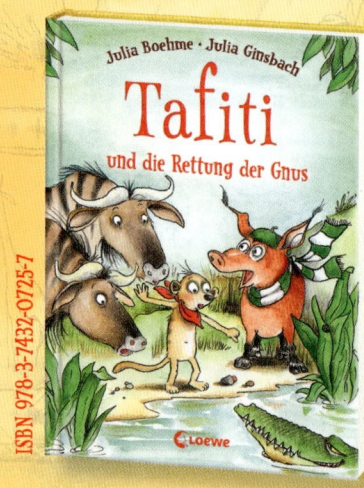

ISBN 978-3-7432-0725-7

ISBN 978-3-7432-1207-7

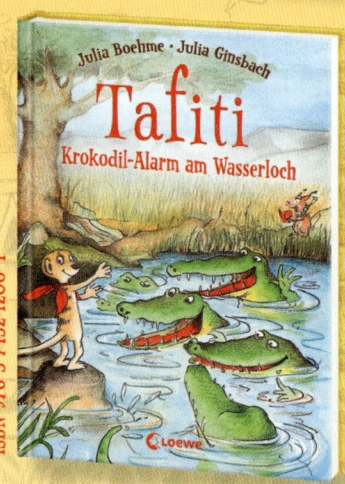

ISBN 978-3-7432-1208-4

LOEWE
Das will ich lesen!